O DESTINO DAS METÁFORAS

contos

O DESTINO DAS METÁFORAS

contos

SIDNEY ROCHA

ILUMINURAS

Copyright © 2019 desta edição
Editora Iluminuras Ltda.

1a. edição
2011
[ISBN 978-85-7321-344-7]

Foto da capa
Palhaço com crianças.
(Estados Unidos. Circa 1930)
Foto de H. Armstrong Roberts/Retrofile/Getty Images,
colorida eletronicamente.

Foto do autor na capa e na página 103
Annyela Rocha

Revisão
Tatiana Faria

Projeto gráfico
Sidney Rocha

CIP-BRASIL. CATALOGAÇÃO-NA-FONTE
SINDICATO NACIONAL DE EDITORES DE LIVROS, RJ

R571d

    Rocha, Sidney
       O destino das metáforas / Sidney Rocha. - São Paulo : Iluminuras, 2011 –
[2. Reimpressão, 2019].
       106 p. ; 22 cm.

    ISBN 978-85-7321-344-7

       1. Conto brasileiro. I. Título.
11-1369.   CDD: 869.93
                                 CDU: 821-134.3(81)-3

2019
EDITORA ILUMINURAS LTDA.
Rua Inácio Pereira da Rocha, 389 - 05432-011 - São Paulo - SP - Brasil
Tel./Fax: 11 3031-6161
iluminuras@iluminuras.com.br
www.iluminuras.com.br

Para Mário Hélio, Marcelo Pérez e Samuel Leon

Sumário

Arte da fuga,
por Mário Hélio, 13

Coração de mãe, 21
O destino das metáforas, 24
Continho trash prum mundinho cash, 28
Sobre a arte de falir, 30
Não, 35
Magnetismo, 37
Dança comigo, 39
Ave, 41
Castilho Hernandez, o cantor e sua solidão, 44
A vida e a morte de John Lennon, 56
Armstrong, 64
Mister Thomas, 67
Texto de orelha, 71
Corte&Costura, 73

O pátio, 78
A grande égua branca, 81
Hossana, 90

Um narrador contrabandista,
por Cristhiano Aguiar, 95

Sobre o autor, 103

Arte da fuga

Mário Hélio,
escritor e crítico literário

Por alguma estranha razão, a morte, que é o motor de todas as repulsas e dos medos humanos não deixa de seduzi-los e a/traí-los. São pequenas tragédias cotidianas que às vezes com um sorriso de Mona sabe emoldurar-se em todos e cada um. Há música, estrondo e silêncio no abismo – as histórias deste livro se escrevem nas linhas tortas desse pentagrama.
O sofrimento e a beleza estão aqui retratados como saldunes. De maneira tão pungente e viva que um leitor sensível não pode passar incólume. Na verdade, o leitor é chamado a ser comparsa ou cúmplice do autor e seus cadáveres esquisitos, cheios de tanto lirismo que não seria exagero sentir certo frisson *pensando que muitas frases são como alfinetes que mergulham na carne (à Lorca) "até encontrar a raizinha do grito". O grito do fim não é o fim do grito, que ainda há um modo mais terrificante — íntimo, feito*

das asas das sereias. "*O silêncio é a máquina de Daniel*", *diz-se no conto que dá título a este livro. Ali, como acolá, do começo ao fim, há mais que metáfora, há a metonímia do destino, e toda ela tem música. Uma inserta música tatuada nas coisas, nas nuvens, nos bichos. Por dentro. Mas que música? Blues. Quem gosta de uma literatura assim 'música acima de tudo', mas não caudatária de nenhum simbolismo, se encontrará em espelho de metal nas personagens que vibram como se fossem gente em carne viva. Que se encontra em cada esquina. A frustração, a vingança, o desejo e o desejo de fuga e muito mais do turbilhão de emoção e fantasia do nosso tempo estão aí queimando nas páginas deste livro de antiajuda.*

Desaparecer e fugir, tão presentes em mais de um conto, não são formas de evasão, mas de libertação. Houdinis de fim de festa. A liberdade assim veste uma combinação de "lascívia e abandono", expressão que o narrador emprega e define bem certas figuras.

Villiers De L'Isle-Adam aplaudiria certamente muitos dos contos deste livro. Menos por sua simbologia que, já se disse antes, não a pretende ter Sidney Rocha, mas pelo seu poder de insinuação (inclusive no sentido malicioso do termo) e de sugestão (também a que os apreciadores de hipnose e mesmerismo portam). Mas, no lugar da crueldade, aqui se tem a crueza, temperada de ironias e "gargalhadas rachando a vidraça".

Há peças antológicas na 'arte da fuga' que sem querer termina sendo este livro: "Castilho Hernandez, o cantor e sua solidão", "Dança comigo", "A vida e a morte de John Lennon". Não por acaso, de um jeito ou de outro, se reportam à música. A música, não somente como tema, tem importância nessas e noutras narrativas, irisando-se em metáfora e, o que é melhor, sendo a sutil referência para a estrutura de alguns dos 'noturnos' e das 'variações' cujos chopins e bachs são pessoas presas dos seus encantamentos e misérias.

Esses contos-blues, alguém dirá, são mais que contos, são roteiros prontos de cinema, o que quer dizer, são daquele tipo de literatura inspiradora de outras artes. Não será difícil encontrar histórias encenáveis, dançáveis, e até musicáveis. Talvez pela intensidade sanguínea que faz certas personagens parecerem metáforas e de certas metáforas gente de carne & osso & sangue & lágrimas, cortadas & costuradas como as flores na túnica bordada por Dejanira, ou melhor, Margarida – o seu destino assim escrito não nos deixa mentir.

Nela a música pode servir também como o grande signo da melancolia, pois uma caixa de música é mais metonímia do passado que uma fotografia do século XIX. E, para tornar tudo mais vão sua história termina com evocações a velhas revistas e bailarinas e modelos que nunca foi. A história do que poderia ter para muitos é mais triste que o conto mais triste.

"Para subir uma escada começa-se por levantar aquela parte do corpo situada embaixo à direita, quase sempre envolvida em couro ou camurça, e que salvo algumas exceções cabe exatamente no degrau. Colocando no primeiro degrau essa parte, que para simplificar chamaremos de pé, recolhe-se a parte correspondente do lado esquerdo (também chamada pé, mas que não se deve confundir com o pé já mencionado), e levando-se à altura do pé faz-se que ela continue até colocá-la no segundo degrau, com o que neste descansará o pé, e no primeiro descansará o pé. (Os primeiros degraus são os mais difíceis, até se adquirir a coordenação necessária. A coincidência de nomes entre o pé e o pé torna difícil a explicação. Deve-se ter um cuidado especial em não levantar ao mesmo tempo o pé e o pé)."

Julio Cortázar
(*Histórias de Cronópios e de Famas*. Tradução de Gloria Rodríguez)

Coração de mãe

A reportagem a encontrou, o meio-dia do enterro, a labareda nos olhos derretendo as lentes negras, e ela disse: "Perdôo". 'Perda' cabe justa dentro de 'perdão', como uma dor se esticando em muitas direções, imaginou na hora. Calou. O motorista seria julgado e preso – era certo, a outra mãe urrava a ferrolhos no quarto, de dor, de desespero, de, de, mas ouviu o "Perdôo" de dentro da tevê e aquilo serviu para dormir sem comprimidos naquela noite. Sim, o perdão foi uma onda amolecendo o coração da repórter, do câmera, das gentes, do presidente da república, das igrejas, dos juízes, do mundo inteiro. Talvez nem fosse necessário sacrificar uma outra vida tão jovem, a fatalidade em tudo já aniquilara uma, por que duas, noutra prisão do corpo, se a alma é que está livre com um 'Perdôo' daqueles? Responderia em liberdade.

Quando a reportagem voltou, ela disse "Rezarei todos os dias". Desta vez, o papa mencionou o exemplo na sua Santa Missa, repousava o véu da Mãe Imaculada sobre a praça de São Pedro, ela viu pela tevê e as lágrimas tesaram nas pálpebras. A outra mãe, o seu rapaz também com vinte anos, em prantos, o perdão provocara neles uma dor como uma pedra ferindo um lago, mas a mãe deixou-o desmaiar em seus braços mais uma vez, quando o seu rosto virou uma rocha para sempre.

Naquele domingo, o canal de tevê os colocou um diante do outro, ali onde podiam ser vistos pelo mundo, a cidade lá embaixo, os automóveis, os jardins, ali onde a mulher segurou a cabeça do rapaz e o beijou a testa e disse mantê-lo em suas orações porque na outra semana seria a tortura do julgamento, ele tremia, tremia, tremia, e já a amava como a uma mãe, a outra mãe pensou em entregar as flores, "Acalme-se, mulher", disse ela para a outra, aqueles olhos em chamas, o vale da morte, o peito arruinado.

Ela não iria ao tribunal, mas pediu que o levassem naquela tarde à casa, e assim foi, as mães se abraçaram, poderíamos ouvir o pranto de dois universos ali, o rapaz tinha os olhos no tampo da mesa, o olhar de nata, o chá recendendo a camomila ainda, o silêncio denunciava a presença do filho morto em tudo, as mulheres sem palavras, a despedida, o beijo o fez conhecer a verdadeira ternura que pode habitar em um coração, foi quando sob o avental da mulher murmurou o aço, e o metal conheceu muitas vezes o peito do rapaz, o trapo aos pés da mãe de pedra.

"Deus ouviu enfim as minhas preces", disse a mulher.

"Eu sempre soube. Estamos quites agora", disse a outra, os olhos duros.

"Um chá, você ainda me deve um chá", ela falou, mostrando a porta da rua.

O destino das metáforas

Não me passa agora pela cabeça o motivo, as vozes se anuviam um pouco, não nos falamos mais, eu e Daniel, e isso já vai como que uns cinquenta e tantos anos, não menos. Nada ocorre com a minha memória, ela ainda funciona como o piano da sala — se o sabem machucar da forma como se deve — mas é que algumas coisas se largam da pele no tempo, e isso vem a ser com quase tudo.

Sempre fomos os amigos que fomos, os meninos que lamberam um o sangue do polegar do outro, o sangue de Daniel tinha gosto de ferro, o mesmo que a gente experimenta nas águas ferrosas de algumas cachoeiras, eu nunca lhe disse, ele também jamais me contou que gosto o meu provocou lá nas papilas dele, o nosso paladar não vale para o nosso sangue, o vermelho que você vê aí não é o mesmo que eu vejo aqui, embora estejamos falando deste mesmo pôr-do-sol.

Daniel deixara o sangue minar pela lâmina da faquinha e se nossa amizade aceitasse a metáfora da fotografia seria a imagem do aço, o sangue escorrendo para a palma das nossas mãos, que se libertaria do papel.

Tínhamos dez, sendo que ele dois anos a menos. De qualquer modo, subtraí um ano dos meus, ele somou outro aos dele, e assim cravamos as mesmas idades a partir dali, Vamos sincronizar, gorducho — o relógio, o pulso, a voz — Vamos sincronizar. Adorava precisões em tudo, sempre uma raposa, o Daniel e, claro, precisava ser, para fugir das surras do pai, sempre por nada, aquilo o deixava amargo como uma pessoa adulta, e se danava à mirabolância dos planos de desaparecimento, a coragem doce e inútil dos inocentes. A engenharia mágica de Daniel, as máquinas do tempo, de fuga. O sarampo me privou da primeira delas. Embarcar seria partir, desaparecer no tempo cíclico e infinito rio que corria na cabeça de cobra de Daniel. Não pude: Daniel não foi. Ora, há coisas no futuro, gordo, que não tem nenhuma graça sem a companhia de um amigo. Se não houver outra chance com a máquina, que importa? Mas não foi. O gesto me fez aprender cedo sobre o que só nos livros viria a conhecer em palavra, a solidariedade.

Eu não tinha motivo nenhum para partir, mas arranjaria algum. Que porra de motivo é este, gordo? Isto não move nada, gorduchito. Não importava: nunca mais o deixaria tentar sozinho, nem ele a mim, algo que ele já provara antes.

Pus a perder todos dos planos, cada um por uma tolice exemplar. E o amigo era um monge em assimilar fracassos.

Mesmo tendo sido muitos os anos, mesmo tendo me tornado o piloto que me tornei, mesmo tendo abatido outros aviões na guerra, ao final de cada missão era sempre a voz de Daniel que eu ouvia no ar, no cockpit, ou em terra, na escuridão do sol: Que merda, gordinho filho-da-puta, onde foi mesmo que *eu* errei?

Emudeceu. Venho tentando ressuscitá-la, mas a voz já não é a mesma. Sou eu agora, imitando-a. As mãos em concha à boca soam estranho microfone. Calou-se em hálito. É o mesmo silêncio que ecoa dentro das nuvens. O silêncio é a máquina de Daniel.

Quando eles me deixaram aqui para secar até morrer, foi também para aguardar a presença necessária do amigo e da máquina. O céu, as hélices, o respingar do óleo das metralhadoras nos óculos, as medalhas. Nada disso. A vida se move para a carenagem do silêncio de Daniel.

Agora são todos os dias esperando a máquina. Por fim, consigo admitir que ela levou Daniel, e lá vamos nós, É preciso sincronizar, gorducho — a voz, a voz, a voz — a caminho da la Chacarita, de Montparnasse, de Les Invalides, qualquer um desses lugares que não aceitam a metáfora da fotografia. Aliás, onde qualquer metáfora resultará inútil.

Continho trash prum mundinho cash

A coelhinha da Playboy Caroline Slavesko estava com o namorado em Miami, gozando todas essas coisas da fama, mas no final da tarde da última quarta-feira foi encontrada sem vida. Numa lata de lixo. Kurt Shakespeare ganhou o maior prêmio da loteria da Alemanha há dez anos. Empresário de algum talento, estava tentando deixar a esposa e o cigarro. Ontem, no lado de cá de Berlim, duas crianças voltando da escola informaram ao policial a fedentina nos arredores do Grünewald Park. Kurt deixa esposa e cigarros. O corpo numa lata de lixo. A vencedora de importante reality show da Noruega, Kathaline Guilher, aplicou o seu dinheiro em fundos de pensão, pagou a dívida de vinte anos que contraíra junto ao pai e não foi vista outra vez pelos amigos do pub.

Foi encontrada dois dias atrás em muitos pedaços. Numa lata de lixo. A miss Japão 1958 demitiu a empregada pela manhã e à tardinha saiu para comprar pão, algo que não fazia desde 1957. Hoje foi encontrada por vira-latas numa rua do centro de Tóquio. O legista teve dificuldades de tomar suas medidas, de tão inchada. Numa lata de lixo. Casimiro Castro é catador de latinhas de coca e pepsi nas ruas de São Paulo. A polícia o encontrou. Não apresentava ferimentos nem escoriações. Dormia. Numa lata de lixo.

Por mais que tentasse, não conseguiu se explicar junto às autoridades.

Sobre a arte de falir

Não posso dizer que não ocorreria comigo, poderia, sim, visto que conheço Margarida e a vejo todos os dias descer por ali, na rua de baixo, para ganhar a vida contra o sol das cinco da tarde. Também conheço Haroldo, ele é homem com estabelecimento e tudo, e tem o cheiro das folhas de fumo desde o tempo que o tempo é tempo e que o fumo é folha. Também sei, por ouvir dizer, de dona Clara, mas esta nunca vi. Não que seja dada a invisibilismos, não tolero mistérios por nada, mas é que fecho as minhas portas antes de a igreja abrir as dela, e daí dona Clara já passou. Haroldo conheço mais, dos três, e o mais que conheço mesmo assim é pouco, porém hoje em dia o pouco que se conhece de alguém pode-se considerar já muito, visto essas coisas que chamam privacidade. Mas sei do possível de alguém se apaixonar, e que há modelos, ah, de amor sem fim de paixão, amor tem moldes para todo ateu ou cristão, o amor não prega raça nem cor, talvez alguma distinção faça no destino financeiro da pessoa, nisso creio. Mas o muito ou pouco que o conheço é de sermos comerciantes, ele e seu fumo, lá, eu e no meu canto, aqui, e ao nosso conhecimento um do outro não se pode dar a garantia de amigo de tantas datas, porém não faz vergonha a muitos que por aí se dizem amigos, e não são. Amigos mesmo não existem mais, mas, vá lá, também que ninguém se ofenda com isso, basta quem tem preservar e, quem não tem, procurar, mas isso é uma verdade. Por isso eu digo: o que fez Antonio, que era tido unha e carne com Haroldo, estava certo fazer, não recrimino amigo, esse Antonio eu não conheci, mas lhe contando assim o que ele fez, termino por conhecê-lo um pouco. A gente não pode esquecer que as coisas são as coisas, mas quando se temperam as coisas com o amor, o amor cheio de paixão mesmo, paixão sem aquela poesia toda, fogo que arde é se vendo com os olhos, aí se considerem as coisas outríssimas coisas, porque ali estamos pisando nos terrenos do vento.

"Você vai desgraçar o seu casamento por causa dessa, Haroldo?". Cansou de dizer Antonio. "Olha lá que você se estrambelha todo, meu amigo". Mas tem duas coisas para as quais homem perde o senso da profundidade e do ridículo: as ondas do mar e as ondas do amor. Não sei o que tem macho pra se achar nadador nesses abismos. Nenhum é. Amor é fundura e correnteza. No caso de Haroldo do Fumo a situação era mais e tanta que no decorrer de seis meses quem aparentava cinquenta tratou de arrumar todo artifício para aparentar uns trinta e, mudando a folha do tempo, também mudou o cheiro, que a pele se desgraça com aqueles perfumes das revistinhas e, desse jeito, cheirando-se outro todos os dias, noutro Haroldo Haroldo se tornou. Não se ambientava mais no armazém. O fumo reclamava nele o seu cheiro de tantos anos, pois o comércio de um homem é o homem por extensão e cheiro também, e ele não se suportava mais em rescendência de folhas, porque Margarida-isso, Margarida-aquilo, Margarida-aquilo-outro e vida de Haroldo começou a ofender o passado e o futuro. Nisso tudo, dona Clara não passava recibo: de casa pra igreja, da igreja pra casa, e o sofrimento do homem se resumia em fragrâncias e arrodeios, já que Margarida jamais lhe dera cabimento, diga-se, coisa cuja profissão a ensinou desde cedo: afastar-se de homem que se perfuma: homem que se perfuma fácil-fácil se desmantela de amor. Margarida não sonhava riquezas e muitos conheceu que lhe ofereceram tudo, mas não importava tanto o ouro, Margarida tinha a honestidade do sol que bate sempre o mesmo nas cinco da tarde da rua de baixo.

Haroldo conheceria a escuridão. É preciso apetite para os negócios, e Haroldo já não tinha a fibra que o fumo lhe emprestara, e os clientes foram rareando que cliente gosta é de negociante que prospera. Olhe: pode, às vezes, nada ter, mas uma prateleira sortida e os empregados todos com fome, mas sorrindo, todo cliente admira, por isso esses americanos vão bem no varejo.

Pois você creia, aí mora a amizade, no fundo do poço é que mora. O que fez Antonio só amigo de verdade faria, e nisso poderia ser comigo, tomadas algumas reticências.

Procurou Margarida. Que jamais sonhasse esse pesadelo dona Gracinha, a companheira, mas pela razão seria até fácil ela mesma entender: condescender, como se diz. Entre um campari e outro lhe disse do carinho pelo amigo, que o deixasse em paz, que o homem vai indo de mal a pior, que vai falir e não tem banco no mundo que queira uma promissória sua, que quanto é mesmo que tu queres pra fazer praça noutra praça. Certo é que não tinha tanto dinheiro assim, o Antonio, mas o próprio Haroldo, sem o saber, emprestaria da raspa do tacho e a perder de vista qualquer soma pequena que ele juntaria com algum sacrifício do seu próprio bolso, mas Margarida recebeu a oferta como uma pedrada e ficou como morta na cama, ali, por um tempo. Depois, o sangue voltou à correnteza das veias, e voltou o feltro das carnes, o ouro da pele, os biquinhos rosa dos seios ainda em saliva, e ela foi à janela ver o sol cair em pétalas sobre a cidade.

"Isso não posso fazer, assim, de desaparecer. Para isso é preciso saber dos outros, todo mundo tem alguém perto do coração, o senhor não acha?", teria dito e perguntado a flor, não sem pender outras pétalas um pouco. O homem assentiu, muito embora jamais tivesse negociado com estas coisas. Não via como o pretexto podia afetar a mercadoria no curto prazo.

Outras vezes, o amor e a amizade estiveram juntos, o mesmo assunto, vamos que vamos resolver, temos trem todos os dias, um campari, outro, Antonio bebe uísque e falou muito de si daquela vez, Margarida era boa e boa ouvinte também, o sol nasce para todos, Margarida/as margaridas são flores que se cheiram, sim, Antonio,/mas não são para todos,/não,/veja bem, o homem está prestes a perder os olhos da cara, Margarida,/é meu amigo, meu amigo,/meu amigo, pense um pouco em você, Antonio, é/problema dele, viva a sua vida, Antonio,/ talvez você tenha razão, Margarida,/é a vida dele, vida mesmo/só se tem uma, você/tem toda/razão, e Margarida-isso, Margarida-aquilo...

Foi quando Antonio começou e se perfumar.

Não

Não iria mais seguir nenhum'alma da rua. Isto já decidira. Nem enricar as companhias de telefone com trotes de lascívia e abandono. Ligava para o serviço mais discreto da cidade, marcava com eles (algumas vezes agradava chamá-los por "elas", e nisso sentia rebolir o desejo como se o desejo fosse a água nos escaninhos da terra). Mas nunca ia. Ou o dinheiro, ou o medo, ou a saúde, não ia, ou os filhos, pai e mãe se revirando no túmulo, não ia, e já não entendia aquilo remoendo o corpo e o resto, ao mesmo tempo, desejo e desdesejo, se assim exista. Solicitava em suspiros todos os detalhes, preferências, falava das suas vontades, confessava, ofendia, revelava, mentia mais que oferecia. Discutia preços. Barganhava. Mas na hora de fechar os detalhes, os olhinhos, desligava.

Hoje, se bastaria a si como noutras tantas vezes. A cama não lhe incomodavam as horas. As horas não lhe incomodava o gelo. O sexo pênsil sobre a coxa de rã, o gozo, o perfume e a náusea, até que fosse o resto do corpo, as pernas sem forças, o hálito da morte, enfim, a gosma. Nem isso. Era algo muito mais doloroso. Mesmo assim, iniciou a outra sessão de carícias.

Magnetismo

Eram as agulhas, no começo. Aos dois anos retiraram do corpinho do menino umas vinte. Apesar de nossa ignorância, o especialista disse aquilo ser algo comum, acontecia às vezes, são as coisas do mundo. A foto da radiografia nos jornais. Depois esqueceram.

A vida continuou em acúmulos e apropriações. Moedas, talheres, ano a ano, clipes, de tanto que o especialista já nem dizia mais nada, tampas de potinhos, o fracasso diante do apetite daqueles engolimentos. Mas é preciso explicação: não que o menino metesse goela a dentro as miudezas. Não. Os abridores de lata podiam muito bem se alojar ali ao lado do pâncreas tanto quanto a saboneteira de inox no músculo da coxa, singularmente. A vida segue.

Primeiro foram os metais, que ele era um ímã, explicou um médico mesmerista, já do ramo da psicofísica, da mediunidade, sabe-se-lá, tanta coisa pra gente mesmo engolir.

Depois vieram os outros objetos, outras complexidades. O menino foi crescendo, jarros e porcelanas, e os gostos variando, boa parte da biblioteca, a voz mudando, devorava desejos, guitarras e discos de rock, um orquidário inteiro quando se apaixonou pela primeira vez. Foi ali, enquanto o especialista colhia orquídeas pelo seu ouvido que o garoto confessou o sonho de um dia engolir a Torre. Sorriram. A vida segue ávida, a máquina de costura da mãe foi engolida como uma saudade; o ataúde do pai, com o pai e tudo, foi algo difícil de se descolar do fígado e mais vida se passou ainda.

Quando viu aquele vazio na verticalidade de Paris, o especialista sorriu. O menino vencera a Torre. As autoridades providenciaram outra torre para o lugar, que eles têm mais duas de reserva. Ninguém notou.

Dia desses o especialista acordou no coração do menino. Era um lugar aconchegante. Um lugar sem necessidade de explicações, dizia a carta.

Dança comigo

O escuro estava ali há tempo demais. Foi o carinho que a fome ronronou a Mariano no degrau dos quatro anos. Assim, a fome pareceu sempre o algodão das nuvens fofas. E Mariano dormia todos aqueles olhos leitosos no mesmo prato.
Certa noite foi a noite de Mariano ganhar de presente o gatinho. Era em tons de caramelo, de sorvete de ameixa, de pudim, diziam sempre. Mariano já nem se incomodava com as gentilezas das cores do seu gato tom de comida. O miauzinho virou a sombra que ele precisava quando não havia nenhuma lembrança da luz, pois gatos conduzem melhor do que cães na escuridão.
Certa tarde foi a tarde do gato, do sol, da carreta. Passa a autoestrada ali, e é ali onde a fartura passa, a carreta, o gato, o sol, o futuro passa, o bichano dali não passa, mas escapou, milagre, ninguém escapa do futuro sem perder nada. Mariano não

gostou da novidade. Imagine esta agora!: seria o gatinho de três pernas, do garotinho cego? Ou o garotinho cego, do gatinho de três pernas? Ai-ai-ai, ai-ai. Aquilo viraria um circo.

Certa manhã foi a manhã de Mariano tropeçar num degrau da nuvem sólida que há no mundo fofo dos cegos. O craniozinho de vidro, o gatinho cor de mel, as cinco perninhas, mil, o baile. O bichano desgraçou a vida de Mariano, disseram. E desgraçaram o gatinho ali mesmo. São cruzes em todo lugar. Cegos e gatos são capazes de muitos gestos. E desconhecemos por completo qualquer um dos seus tratos mais solitários.

Ave

As avezinhas?

[Isto faz também qualquer avoante, a gaviã faz o mesmo com os bruguelos, a águia é useira e vezeira nisso, a gente vê nos filmes antigos da Disney, mas gaviã eu já vi de perto quando também menino: ela dá no filhote no ninho um golpe doce de asa, e fica olhando ele ganhar os corrimãos do abismo. É normal. Não tem maldade qualquer a natureza. O gaviãozinho abre as asas e pronto. Começa a nova vida. A maiorzinha perguntou: pai, a gente tá indo pra onde, pai? Crianças têm direito de perguntar, a gente se envolve com o jeitinho de ave dos inocentes, sim, quisera qualquer um de nós poder recuperar um pouco o brilho daqueles rubis. A mais nova era uma pombinha assustada, as pálpebras transparentes, coloquei-a para dormir anteontem, eu podia sentir as pupilas brincando dentro das pálpebras fechadas, sonhando voos, sonhando outras aves, talvez, sonhando, enfim, o mister da inocência é sonhar. A maior seguia no braço. A menor gostava de indicar caminhos, sugerir direções; ia a pé: seria da estrada, acho, deus se afeiçoando seria engenheira, cigana, ou profissão mais de mulher: astronauta, talvez. Era um GPS a menina, a voz de mel no seu "vem por aqui" quase nunca se podia desatender. Mas naquela hora, não, desconversei, arremeti, caminhei mais. "Nós já passamos por aqui hoje, meu pai", disseram. "Já", " ", pensei, não era problema andar em círculos, repetir o branco da paisagem, que os urubus fazem isso o dia todo também contra o céu de carne azul. O importante é mudar a vida.

Quando menino, aprendi o truque: para entrar na ducha fria, ligava a torneira, e deixava. Nalgum momento, me tomaria a mim mesmo de assalto e me empurraria assustado pra debaixo da catarata. É preciso treino para driblar a si mesmo. É truque que só crianças conseguem. Mas há uma réstia de menino em mim. A coragem dos meninos vem de estar livre para se compreender dois meninos ao mesmo corpo. Luziene e Luciene, aqueles dois sóis, parei. Usando nesgas do truque, arremessei pela ponte Luziene, que era o sol no colo. Depois, num truque dentro do truque lancei pelo beiral da ponte Luciene que era o sol transparente. A águia faz assim. Vi a gaviã.

Mais tarde soube dos bombeiros, da ponte, das menininhas lá embaixo. A polícia. A multidão. O que fazem na minha porta?]

Não, não eram as minhas. As minhas voaram – repeti.

Castilho Hernandez, o cantor e sua solidão

A ideia só nasceu depois do aniversário. Alguns amigos vieram e beberam um pouco. Mas ele mesmo cansou de festas que não eram mais festas. Esteve sempre com amigos, antes, mas agora não recebia convites para cheirar, beber, mais nada, nem era mais carne para os noticiários. Assim, não se demorava em comemorações e tratou de se despedir dos poucos ali mesmo, no corredor, e compreendemos ali o abraço de Castilho na sua própria solidão. Já não falava em retomar a carreira. A vida longe da música era de aborrecimentos, ela o levara a tantos lugares, ao Japão, à Tailândia, duas vezes à Europa, ao Chacrinha tantas vezes. Uma tarde, não lembra ao certo, nem importa, encontrou Caetano Veloso na coxia de um programa de tevê. Era ainda o homenzinho magro com cabelos de vento. Tinha uma tiara prendendo a juba, e falava arrastando um sotaque sempre grave: "Isso aqui é um zoológico, cara. Quero ir embora daqui", e quase já ia mesmo quando Castilho lhe pegou pelo braço. "Somos iguais, Caetano. Vamos para o mesmo lugar, eu e você: a glória. Você só precisa ter calma, poeta". Caetano apertou sua mão e se emocionou com aquilo. Castilho via nele o poeta que quase ninguém viu. Além disso, artistas adoram profecias e aquela calçou com conforto os quatro pés. Mas hoje Castilho era só um rastro. Quando invadissem o seu passado poderiam encontrar centenas de recortes de jornal dentro dos livros, nas caixas. Ele costumava deixar recados entre os papéis. Letras de boleros. Notas para biógrafos, dizia, sobre o que é preciso que saibam. Tudo mofo agora. E a sensação de terem lhe roubado algo, a outra parte da sua própria profecia. Não viu Caetano outra vez. O fato de seus destinos terem tomado barcos diferentes fez Caetano Veloso ganhar um inimigo para sempre. Se metade das coisas não anda bem com o baiano, e ele não sabe dizer ao certo o porquê, pode apostar: tem a ver com o olhar de xamã de Castilho tentando arrastá-lo também para aquele precipício, pois não há algo pior do que ser um desconhecido na rua, no supermercado. Mas há: é quando olham para ele, sabem seu nome, o artista que era, mas isso não é combustível suficiente para mover ninguém em sua direção. A indiferença. Acontecia com ele aqui e acolá. Castilho sente o cheiro dessa fera.

Deixou a janela aberta e dormiu. A tevê do quarto estará sempre zoando. É o seu observatório. Para ele é uma camerazinha de circuito interno. Tudo o que se passa ali lhe pertenceu e pertence ainda. Acordou numa tarde de domingo e pôde ver noticiarem a atração. Escolheriam os melhores sósias de artistas "de ontem e de sempre", dizia o fanfarrão. Mas quando um dos nomes revelou-se ser o de "Castilho Hernandez, o cantor e sua solidão", podemos confessar por ele que, ali no sofá, deixou o choro romper pela sala, uma onda amolecendo o lodo dos arrecifes, os pés ainda na areia, mas o sutil gosto da espuma. Foi aí que teve a ideia.

***

Achou graça em ser calouro de si mesmo. Mas entendia aquilo como uma ressurreição, onde venceria a inteligência, a astúcia. No fim, destruída a farsa, se reconstruiria. Golpe de mestre. Voltaria ao seu circuito interno, mas agora apertando todos os botões, e deixaria a vigilância para os fracassados. Para quem perde, só resta observar. Não era o caso de Castilho. Vivia estes dias cantando em cabarés do interior, apresentando-se com o nome de Galeno Batista ou Giuliano Perez, caso o show lhe obrigasse o violão, ou Angelis, se levasse o teclado. Tudo porque guardava o sagrado nome de Castilho para um retorno. Era a hora. Naqueles anos oitenta, os circos já rareavam e não podia recorrer nem mais a eles, então guardou-se em nomes também pela memória de Castilho Hernandez e, por ele, outra vez, se colocaria em um lugar onde prometera nunca mais afundar os pés: a fama.

Juntou o que tinha. Pediu empréstimos. Usou centenas de fichas de telefone, ligando e ligando e venceu os dois mil quilômetros de Juniatá até São Paulo para ficar num pensionato perto da Consolação, onde a dona o confundiu com um amigo distante. Ela de vez em quando o acordava, sacudindo-lhe um pouco: "Fernando, Fernando..., eu sei, é você". No começo, quis engrossar, "Eu não sou esse Fernando", mas depois, a mulher tomava medicamentos e tudo, deixou.

Era por ali onde morava Caetano, lembrou, na avenida São Luís, num prédio de bacana. A mulher colocou o café de Fernando. Comentou algo sobre algum tio em comum. Castilho disse Sim, ou qualquer coisa, e a mulher fez uma cara de tristeza, e saiu da sala. Ele não ligou. Foi ao quarto, pintou o cabelo, tirou o excesso da tinta com a água da bacia, e tomou um ônibus.

Não lhe fizeram perguntas. Ele ainda tentou saber os detalhes, mas a moça era uma lixa:

"Segunda-feira, ensaio com o maestro. Dezesseis horas. Esteja aqui, ou está fora." Preencheu os dados num papel, mas cuidou de dar só o nome de batismo. Ninguém conhece Inácio P. Vasques de Souza. O P é de Pereira. Estaria lá, ela podia apostar o salário nisso.

Os castilhos hernandez estavam todos desempregados. Eram cinco. Castilho não falou com nenhum deles, mas viu trocarem amabilidades de bêbados. Um era ex-detento e estava lá pelo fato de conhecer "Minhas rimas são para ti" e "A noite é tua, meu amor". Castilho compôs aquilo no começo da carreira, numa farra, com Agnaldo Rayol, se não se engana. Dois atenderam ao anúncio que algum produtor afixou nos botecos do centro da cidade. Um deles manteve distância também, e fumava sem tréguas. Castilho foi o primeiro. O maestro estava no baixo e havia ainda um baterista com sono e uma moça de unhas marrons num violão de doze cordas. A outra tomava notas de tudo e por qualquer coisa.

Cumprimentou o homem ao modo da profissão. "E você, de onde vem?" Castilho estava para responder quando a moça com todos os motivos e uma prancheta perguntou. "Vai cantar o quê, moço?" Castilho se achava preparado para aquilo. Não estava. Quis ir embora. Mas daí ouviu Caetano nele mesmo: "Calma, poeta". "'Afrodite pisou na minha rua', de Castilho Hernandez, Odeon, 1966", falou. E cantou. Depois, chamaram o outro, o fumante, depois o ex-detento, e por aí foi. E entraram num túnel de angústia do qual só sairiam no domingo à tarde, para todo o Brasil, depois da exibição do campeonato de futebol.

Mantinha a tevê brilhando no quarto. "Pra outra pessoa eu cobraria um extra pela eletricidade, mas pra você, Fernandinho, como eu poderia, como, como?", disse a mulher. Ele agradeceu, de qualquer modo. Seriam só mais duas semanas. Outra noite, ela entrou no quarto e quis ver algo com ele na tevê. Transaram. "Eu sempre sonhei com isso, Fernando, e você também, não é verdade?" Fernando disse Sim. Castilho virou-se e dormiu. Acordou de novo num domingo, preparou o terno, retocou o preto do cabelo, gargarejou água com vinagre e tomou o ônibus outra vez.

Ficaram vendo o programa pela televisãozinha na saleta. O circuito interno dentro do circuito interno, pensou. Estavam ali os castilhos hernandez, os rauls seixas e três ângelas marias, mas podiam se passar também por wilzas carlas, daria igual. Lembrou do zoológico de Caetano. E sorriu. Foram chamando por blocos. Os castilhos foram os últimos. O ex-detento não teve chance. O fumante estava vestido num terno de brim, e não desafinou. Daria trabalho pra Castilho e, de fato, deu. Mas no palco, Castilho Hernandez mostrou a que veio. Na segunda rodada, só ficariam dois sósias de cada artista. O plano andava bem até ali. O Castilho de brim surpreendeu até ao nosso Castilho. Se dava bem com o auditório. Castilho buscou inspiração em Galeno Batista ou Giuliano Perez, mas também em Angelis, e foi a voz de Castilho, o cantor e sua solidão, que o salvou dessa vez. O duelo ficou para o outro domingo. A glória era um bicho rodeando os pés de Castilho Hernandez.

O outro bicho era a dona da pensão. Transou. Acordou no outro domingo. Retocou o cabelo e pegou o ônibus para só entender a regra na hora: agora iriam concorrer todos juntos: os castilhos, os rauls, as ângelasmarias e dois agepês de última hora. "Quem for podre que se quebre", explicou a moça do qualquer coisa. "Vocês inventaram essa regra agora", ele insistiu. O outro Castilho disse Não, estava assim na ficha. Raul assentiu. Castilho não amoleceu. E preparou-se para dar o troco ainda naquela tarde.

Na primeira rodada, foram para casa as ângelas. Os agepês devem ainda uma satisfação para aquele público. Sumiram na mesma nuvem em que vieram. Então a segunda rodada foi reservada para um raul e dois castilhos. E o fumante melhorava a cada eliminatória. Castilho dessa vez pediu a Deus uma chance. O deus dos castilhos não era o deus de Raul. E ficou tudo acertado, em meio ao frenesi, para o domingo, após o futebol, Castilho Hernandez versus Castilho Hernandez. Para Castilho Hernandez, o cantor e sua solidão, não se tratava somente disso.

***

"A regra é clara: cada um canta uma vez. Os jurados votam. Se der empate, cantam outra música. Os jurados votam de novo. Se empatar, cantam uma música mais e, dessa vez, o auditório é quem decide, o candidato número 1 entendeu?" A plaqueta com o número 1 estava colada ao peito de Castilho. "Sim", Castilho disse sim. O número 2 meneou, quando foi perguntado. O nariz do homem era mais afilado e o pescoço era mais fino. Por isso talvez atingisse aquelas notas mais agudas. O peito era curvo como o de um pombo, mas o retrato completo era o de um avestruz. Estudara dele cada detalhe. Não podia relaxar agora. Foram para os comerciais.

***

Cantaram. O número 2 começou. O público em suspense. Agora, a vez de Castilho. O apresentador pediu silêncio ao público para não atrapalhar o refinado ouvido do júri. A plateia de pedra. Quando votaram, os jurados tiraram pontos de um e de outro. A jurada teceu loas à obra ainda a ser descoberta pelo Brasil, a do solitário Castilho Hernandez. E o seu voto úmido carreou o empate. Na segunda rodada, o número 1 iniciava. Ele apelou para "O abandono é minha morada", tocou numa rádionovela, os jurados deveriam lembrar. O outro preferiu um hit mais leve, aquela balada de 61 ou 62, "Todas estradas andei". O público boliu-se um pouco aí, mas o apresentador repreendeu com rigor dessa vez. Mesmo escolhendo mal o repertório, Castilho conseguiu carregar a peleja para outro espetacular empate. "Aqui, o povo é quem decide", trovejou o apresentador, e antes de ele terminar a frase, o homem do corte enfiou outro bloco de comerciais.

***

Veio outra regra clara. "Cada um canta uma única vez. O júri vota. Mas o presidente do júri pode se abster, se achar conveniente. Sendo assim, o público decidirá. Os senhores entenderam isso?" Sim. "O público pode se manifestar à vontade, todos entenderam?" Siiiiim, disse o coro. Castilho olhou para o avestruz e não sabe o que sentiu, na verdade. Estava lutando contra uma sombra. Para vencê-lo teria que deixar de ser ele mesmo, talvez, e ser aquele homem, porém melhor. Mas estava perto. No bolso o discurso de meia-página, para o granfinale, se a memória lhe faltasse em algo.

"Nem ouro, nem prata, só o teu amor", de Castilho Hernandez, o cantor e sua solidão, CBS, 1965, disse o número 1. Só a sua voz conseguia chegar mais alto que os gritos da multidão. O mundo rodou muitas vezes enquanto ele cantava, e pode se ver vendo-se na tevê, e quando a lágrima correu ele fechou os olhos e ali se fez da mesma matéria da canção, e o povo chorou com ele. Deu trabalho continuar a disputa. Puseram animadores a mais no auditório, mas as caravanas da zona Norte deram trabalho. Não era mais um cantor sozinho. Era a multidão e o domingo.

Foi quando permitiram ao outro Castilho que cantasse.

Primeiro, ele perguntou se podia cantar a mesma canção do outro candidato. O maestro acenou que sim, mas não dependia dele. O júri não se opôs, afinal as regras eram claras e não diziam nada quanto aquilo. Mas não dependia deles. O apresentador é quem manda, mas ele quis ouvir o César de mil cabeças, e o bicho esticou o polegar para cima. O tempo rebobinando.

"Nem ouro, nem prata, só o teu amor", de Castilho Hernandez, o cantor e sua solidão, CBS,

1965, disse o número 2. Só a sua voz conseguia chegar mais alto que os gritos da multidão. O mundo rodou muitas vezes enquanto ele cantava, e pode se ver vendo-se na tevê, e quando a lágrima correu ele fechou os olhos e ali se fez da mesma matéria da canção, e o povo chorou com ele. Deu trabalho continuar a disputa. Puseram animadores a mais no auditório, mas as caravanas da zona Norte deram trabalho. Não era mais um cantor sozinho. Era a multidão e o domingo.

O júri se absteve, lógico. Daí o apresentador fez aos leões a pergunta, a verdade que liberta. A diferença dos rosnados só poderia ser medida por instrumentos muito refinados, de aferir microdecibeis, mas não haviam sido inventados em oitenta ainda. À falta deles, o ouvido do apresentador apontou para o número 2. Era o vencedor. Castilho não sabia ainda o que dizer, calar, fazer, o quê? "Que merda é essa?", pensou, para descobrir nesta hora estar diante só do começo.

Foi quando o 2 foi ao microfone e, em lágrimas, negou-se a receber o prêmio e aqueles aplausos. "Carreguem consigo o meu perdão", disse, e que dessem tudo àquele outro homem, seu oponente. Ele mesmo nada queria, e ia dizer de imediato a razão: entrara no concurso para homenagear os fãs da boa música do passado. Só por isso. Na verdade, chamava-se Inácio P. Vasques de Souza.

o P é de Pereira: só conhecido como Castilho Hernandez, o cantor e sua solidão. Nisso, a multidão de pé. E quando, no inesperado mundo do circuito interno, o apresentador confirmou a história e chamou ao palco amigos do cantor, Castilho de verdade viu saírem das coxias muitos dos seus, e passaram por ele como por uma cortina de nada, para irem abraçar e beijar a outra ave sob as luzes. Lembrou-se de novo do homenzinho magro, uma tiara prendendo a juba, "Quero ir embora daqui". Deveria tê-lo deixado ir naquele dia. Desapareceu para sempre. Na pensão já era segunda-feira quando encontraram a dona chorando na sala. "Vocês não vão acreditar na terrível desgraça: matou-se, o meu Fernandinho, foi, matou-se, matou-se", berrava. Quando fui buscar o corpo, era Caetano cantando no rádio, mas hoje ele mora no Rio, no Leblon.

A vida e a morte de John Lennon

Aquilo tinha tudo para não dar certo de novo. A outra vez foi um desastre sem medidas, e o fato de sermos amigos desde a infância não nos credenciava mais a dividir os mesmos gostos. Crescemos ouvindo o mesmo rock, lendo os mesmos romances em papel jornal, discutindo o anarquismo nos botequins, mas, por favor, aquilo era o passado. Quando o vi descer do ônibus reconheci nele o mesmo de antes, os cabelos passavam dos ombros, a mão tatuara com uma marca punk sem nenhuma ocorrência no *Livro dos símbolos,* para terminar numa pulseira fajuta de búzios e palha, que tanto se podia ligar aos índios quanto aos negros. Saímos direto para um bar, falamos sobre algumas garotas do passado e uma cidade deixada para trás, uma cidade chamada Infância, ou Adolescência, o conceito mudava ao ritmo das lembranças dele, porque era comum perdermos o fio da meada, o fumo também libertava a melancolia, ele girava o copo sobre a cabeça antes de beber a dose, era um batismo, algo assim, mas quando disse "Estou me separando", os seus olhos marejaram como se por uma rachadura num dique escapasse um lago e dali em diante tornou-se sombrio e agressivo. Em poucas horas éramos os amigos, mas também estranhos vizinhos das memórias e ficou claro: vivêramos por razões que pareciam as mesmas. Mas só pareciam. Deixei-o no bar com algum dinheiro para a conta. "Vá se foder com o seu dinheiro", ele disse, rasgando a nota. Pelo vidro o vi ainda se divertindo em silêncio, queimando os pedaços da cédula com o cigarro, e o cinzeiro virou uma urna onde jazia toda a delicadeza da nossa amizade.

***

Dez anos depois, o e-mail pedia um reencontro, ele queria comemorar um livro novo, descobrira uma vocação e se tornara um escritor como tantos, invisível. Fui buscá-lo no endereço. Era um bairro na zona Sul, os prédios pareciam ter engolido o começo da noite, o trânsito piorara muito com a chuva, não se podia deixar certos cidadãos dirigirem em tais condições, e nisto me incluía. Quando entrou no carro deixou correr para frente o banco e, como surgida do bolso do seu casaco, Luana pulou para o banco traseiro do fiat.

"Cara, precisamos de um bar com rock, bebida e drogas", ele falou, mostrando quanto eram desnecessários gestos de reencontro entre aqueles de fato amigos, que podem retomar sem dificuldade uma conversa séculos e séculos depois, do mesmo ponto, a risada retornando do meio da piada estilhaçada pelo tempo.

"Antes, precisamos de três coisas: dinheiro, dinheiro e dinheiro", respondi.

A menina no banco de trás deu uma risada e cruzou as pernas sobre o banco como uma ioguista.

"Não te disse, minha lua, que o cara era divertido?", ele falou.

Ela ronronou um sim.

Ele acendeu o cigarro enquanto baixava o vidro. Em algum momento teria de escolher: ou perderia o cigarro para a chuva ou íamos fumar juntos aquela merda. Eu larguei há muito tempo, mas ele deu dois tragos firmes, pude ouvir um silvo leve escapar dos seus pulmões, jogou fora o cigarro com um peteleco e inundou o interior do carro com a nuvem.

"Onde podemos encontrar algo pra cheirar?"

"Não faço a mínima, cara".

"Porra, você está nesta merda há vinte, trinta anos. Como não sabe?", perguntou, azedo, e completou: "Liga pro MP ou pro LC, esses caras têm".

"Velho", respondi,

mas já sem saber para qual direção seguir com o carro,

"até onde eu sei, esses caras são músicos, não traficantes, porra".

A menina deu uma risadinha de vidro lá atrás e pude olhar pelo retrovisor. Tinha vinte e cinco anos, me diria depois.

***

Fomos ao centro. Ali não seria impossível ele se enturmar e conseguir fumo ou coca. Não me importava. A sensação de andar em círculos me deixara sem nenhuma vontade, e tinha certeza de a gente nunca recuperar nada contra o tempo, mesmo que ele insistisse: depois daqueles anos todos de descaso, era um rosto ainda bonito, o queixo em forma de pera, os cabelos insistia compridos, mas já se notava menos viço, a cascata flébil e sem tônus. Os oclinhos redondos poderiam homenagear o John Lennon se as lentes verdes não me fizessem lembrar das taças de vidro coloridas ao modo grosseiro do artesanato. O sorriso sentia a falta de um dos molares, mas os dentes eram retos, mesmo da cor do tabaco. Não demorou para que o gigante desabasse quase vencido pela dose dupla de absinto, restando naquela noite só uma fagulha de gente, no lugar daquela tempestade que entrara no carro horas atrás. Luana morava na cidade há pouco tempo, ela me explicou. Aquela era a primeira visita que meu amigo lhe fazia, muito embora o namoro já guardava uma eternidade de alguns meses. Ela me contou dos seus planos, e na verdade eram poucos para alguém tão jovem. Tinha ambições, mas parecia se concentrar em arrumar um emprego decente, ganhar alguma confiança para tentar um mestrado, quem sabe.

"Ajude-a, meu amigo, eu amo esta mulher", ele disse. "Mesmo que seja para perto de você, isto: leve-a para trabalhar com você. Você não é tão filho-da-puta a ponto de tentar comê-la, é? Ahhh, foda-se, mano, seja como for, cuide da minha luazinha", disse o Lennon, repetindo:

"Eu amo esta gata, eu amo, amo..."

Ela então o agarrou pelo quadril e o beijou na boca com tanto tesão que me fez pensar na felicidade e na morte ao mesmo tempo. Os seus dentes mordiscaram o lábio do cara e com sutileza a língua percorreu os lábios dele como lesma escorregando no vidro.

Cuide dela. Aquilo ficou na minha cabeça. Sempre ocorre comigo. Metade dos meus amigos acha que estou nadando em grana, ou que conheço todas as gentes importantes do mundo, sempre me sinto uma merda quando isto ocorre, é a forma como falo sobre as pessoas, acho, não sei; contudo ele foi gentil quando agarrou a minha mão e disse:

"Eu amo você, cara. Você é o amigo que sempre me fará falta, brother. Estou aqui também pra ver você, meu irmão..." – este tipo de coisa que se diz quando se descobre uma doença terminal, ou quando um trem passa por cima das pernas da gente.

E continuou, agarrando com força o colarinho da minha camisa:

"Só a você eu peço: cuide dela."

Ainda falou em largar tudo e vir embora para a cidade, ficar perto da sua luazinha.

"Eu falei para ela que você não se importaria de eu passar uns tempos na sua casa, uns seis meses, digamos, até tudo se arranjar. Você não se importaria", ele foi falando.

"Eu me importaria, sim. Você pirou?", eu respondi, e ela interrompeu:

"Isto nunca dará certo, meu amor. Você tem duas filhas, uma mãe para cuidar, elas dependem de você... – e, me pediu – diga pra este maluco o quanto não daria certo, diga".

"Eu já disse".

Eles passaram muito tempo discutindo aquela bobagem, ela não queria que ele viesse, estava muitas vezes claro aquilo, merda, ele tinha vinte anos a mais, ela era proprietária de uma das bucetas mais gostosas do mundo talvez, ele se contentasse com o que restava dali.

"Olha, cara: você fica até quando na cidade?", perguntei.

"Até domingo", ele respondeu.

"Escuta bem, porra: papo de amigo: este namoro demora até domingo, você entendeu, ou quer que eu desenhe o quadro todo? Até domingo: depois você volta pros anos setenta e a garota segue em frente, porra. É assim. Diga a verdade, luazinha, é isto ou não é?"

"Você é um grandissíssimo filho da puta, isto é o que você é", ela respondeu, os olhos nem se levantaram, mas chamuscavam como os de uma criança pega numa mentira.

"É. Você é um filho-da-puta, mano. Sempre foi. Você não presta, cara", ele disse, mas acho que dormia falando.

"Vá se foder com o seu dinheiro", ele berrou, quando me levantei e paguei parte da conta. Ele agarrou a nota e incinerou-a na chama do isqueiro, aquela bolota de papel na mesa de ferro.

Estava de novo sombrio e agressivo.

Fui embora. Se fodesse também, ora.

Anda perto dos dez anos essa segunda cagada.

***

Hoje encontrei Luana no saguão do aeroporto. O tempo lhe dera feições de uma divindade madura e distante. Paramos um diante do outro e nos olhamos por alguns segundos. Durante todos aqueles anos não era possível que eu não pudesse dizer nada, não seria possível para mim não admitir a verdade, o sentimento que jamais me abandonou depois daquela noite. De quantos anos brincava com a minha imaginação de pô-la sorrindo no retrovisor, as coxas firmes de iogue, o vestígio de sândalo. Poderia dizer para ela que o nosso Lennon estava morto. Uma carta da filha me informara, precisava de um advogado, da partilha, se eu não conhecia algum, etc. Não, não conhecia. Não, não falei nada sobre ele. Deixei-o viver no seu passado e no meu.

"Eu poderia ter cuidado de você naquela noite", eu disse.

Ela sorriu.

O namorado chegou mais perto, e ela se antecipou muitos passos na sua direção.

"O que o velho disse?", ele quis saber.

"Nada, nada, amore. O pobrezito me confundiu com alguém. Mais nada".

De longe, pude vê-la mordiscando a boca do homem, os lábios deslizando, a lesma, o vidro.

Armstrong

Ele já não suportava mais. A mãe zelosa, entretanto, queria o nenê a bolinha cor-de-rosa que ela vira na capa da revista, o bebê Jonhson 1969, os dentinhos sorrindo para as leitoras. Ela o banhava todas as tardes e, se aquilo não o desagradava por completo, achava um excesso, já o incomodavam os talcos, os pompons, o cheiro de lavanda, mas ia levando. Aguardava-o um mundo de verdade, ele sabia, o quarto azul era uma metáfora, sentia-se um pouco Armstrong nos seus pequenos passos sem o módulo lunar do anda-já, as pessoas o achavam sério demais nos aniversários, ahhh, as pessoas eram uma nuvem para ele, reconhecia as bocarras, eles pareciam perus glugluzando quando se aproximavam da sua cara de romã, mas de longe estavam sempre precisando de foco, os seus olhos já não se esforçavam mais em reconhecê-los pelas manchas, apurara os ouvidos como um cão, só restava isto a fazer por enquanto, as retinas com o tempo o presenteariam com um mundo em tecnicolor, mas agora tinha a rotina de um cego, sem ser cego; de um bêbado, sem ser um, mas precisava de ajuda para ir tomar sol, para limpar-se, para mudarem o canal da tevê pra ele, as mais simples vontades se transformavam num cataclismo de gestos sempre perdidos, não podia ir sozinho por exemplo à esquina tomar uma coca-cola. Isto, porém, sustentava com paciência e profissionalismo. Não sabia como os outros se viravam, cada um vem ao mundo para se virar como pode, mas não suportava mesmo era quando a mãezelosa lhe enfiava o mamilo marrom na boca três vezes ao dia. Ele regurgitava na hora. À tarde, vomitava o leite da manhã, pela manhã o da noite, mas a mãezelosa não conhecia descanso e empurrava a santa pelanca, a meleca branca de volta, aquilo criava uma gosma pegajosa no céu da boca, as pilhas de cueiros azedando por toda parte, e ele pensava em fugir – mas como, se parecia um bebum quando tentava um passo qualquer? –, pensava em se matar, em se deixar asfixiar pela bolona, o bico cor de terra, a nitidez que a vida até ali lhe dera, com promessas de um mundo todo em panavision, enquanto lá fora o astronauta via a aurora do novo mundo, a Terra de fato azul. Não suportava mais. De qualquer forma, levaram-no junto com a mãe naquele dia. O médico saberia retirar do seu estomagozinho o mamilo da mulher, ela berrava como uma louca pela janela do outro carro, "Me deixem matá-lo", "Me deixem matá-lo", "Me devolva", "Me devolva", talvez pudessem, sim, devolvê-la a luazinha marrom por direito e plástica. Se não, o doutor saberia como desfazer do rosto dele aquele sorrisozinho de felicidade, tipo capa de revista, toda mãezelosa tem ou quer uma fotozinha assim do seu homenzinho.

Mister Thomas

Lembrei da senhora Seforah e dos seus doces, ou do tempo do Mister Thomas. Ele ensinou a todos a falar inglês, a três moedas por cabeça, e a atirar com rifles e a fumar, sem querer nada em troca senão os nossos juramentos de silêncio. Quando o encontraram, o sangue coalhando nas têmporas e a pistola para sempre sobre o tampo de vidro da mesa, a alma gentil escutou ainda o que os corajosos jamais disseram cara a cara: nunca fora boa companhia para as crianças nem bom apóstolo para a comunidade.

À tarde, a senhora Seforah convidou as crianças à sua lanchonete, e não cobrou nada pelos docinhos: "Terão assim uma lembrança melhor deste dia", ela falou. Mister Thomas virou a esquina e no outro dia nos cumprimentava lá do longe com suas espingardas, a espada na bainha e o fumo picado numa das mãos, mas já não era conosco, já não era desta vida. Era outra sombra.

Quando o padre convocou os pais do menino e o boato se espalhou, quiseram atear fogo na casa do professor. O rapazote há dias no quarto bebendo as lágrimas, por fim foi à igreja, uma bomba nos lábios, o coração arrebentou o silêncio. Nathan. Virou padre, dizem: boato dentro de boatos. Mas, sim, levava jeito praquilo, nunca o vimos atirando pedras no rio ou molestando galinhas. A imagem do santinho entrando no carro com a maleta: o choro das mulheres. Virou a esquina, não era mais conosco, sombra dentro doutra sombra.

Os pais passaram a se esmerar em muitos zelos, e o resto da infância pareceu um muro sem penumbras. Sinto termos crescido empurrados pela força de algum monstro, a travessia cega pelo pântano. Não sei: a imagem é de um sonho branco preso numa redoma. Os doces da senhora Seforah naquela tarde sepultaram também parte da infância.

Depois disso, sou este aqui na sala.

***

Mas ontem encontrei o velho amigo Richard, o famoso emprenhador de galinhas. Ganha a vida revendendo carros, assim complementa a aposentadoria, disse que os netos são hoje a razão de sua vida, os únicos a não reclamar o seu bafo de rum. Chegamos fácil aos docinhos da senhora Seforah.

Dali em diante rasgou a fumaça do sonho branco.

– Não foi assim, todos sabem: foi o Nathan, e não o Mister Thomas – disse – quem encontraram morto, o sangue coalhando nas têmporas.

E foi empurrando, empurrando:

– Ora, o professor era um bundão sem importância. Desapareceu no mundo, cara. De onde você tirou mais esta? – disse ele, a gargalhada rachando a vidraça.

***

Deixou no meu bolso o cartão. Não há muitas intimidades entre velhos.

***

A noite ganhou um corpo de carne muito rígida. A sombra largando dos meus calcanhares escorria pelo chão para se levantar como um grito na parede. Vi-a ganhar em muitas olas o tapete e a poltrona pelo caminho e afugentar a nesga de luz pela brecha da porta. Eu me espichava nas raias da memória buscando na fumaça hálitos da infância. Uma imagem porém desafiava a redoma. O menino embarcando no carro, a maleta, a lamúria das mulheres.

Era o jeito ligar:

Mas, Richard, a imagem do Nathan entrando no carro, cara. Lembro disso. Todos devem lembrar também.

Ouvi a sua voz sem tempero, se arrastando, o rulhar dos netos:

Você nunca vai superar aquilo, não é? Você era o menino da maleta – completou –, ou o maninho assassino, como dizem. Lamento. Volte lá e pergunte a qualquer um sobre a tragédia dos gêmeos de Northlate. Procure na internet. Mas liberte-se disso de uma vez por todas, monsenhor, por Deus, liberte-se disso.

Texto de orelha

Ferdinand Fleisschmann nasceu em Berna. Estudou Filologia Francesa na Universidade de Harvard e foi professor de Cambridge durante todo o ano de 2010. Com *Dientes sin plumas* (Anaximandra, 2010) ganhou o prêmio Blackbread para Primeira Novela, o James Tooth Black Memorial de Narrativa, e os prêmios para Primeiro Livro dos Escritores da Cammonweath e The guardian. Sua segunda novela, *El benzedor de utilidades* (Anaximandra, 2010), foi agraciado com o Jewish Quarterly Wingate Literary Prize e foi finalista do prêmio Limon. Em 2010, Fleisschmann foi eleito Melhor Prosador pela prestigiada revista Grûnka. Sua mais recente novela, *Espero que o titio morra logo* (Anaximandra, 2010), mereceu o prêmio Swettsugar 2009, e também foi finalista do Booker 2010, ano em que a revista Times o incluiu entre as mil pessoas mais influentes do ano. Fleisschmann é membro da Regal Society of Free Literature e vive em Londres com a esposa Dick. Dick é oligofrênica, e é vitimada por infindáveis acessos de fúria. Passadas as crises, entrega aquelas dezenas e dezenas de páginas ao marido, ele as envia para o editor da (Anaximandra, 2010), que encaminha tudo-tudo para a Times, para a Regal Society e para o pessoal do prêmio Limon.

Corte&Costura

Margarida enviuvara fazia tempo. Vivia de tal forma aquela viuvez, que se acreditava ter nascido para aquele fim. Quase todos com quem falei não diziam outra coisa senão que nascera viúva já, e não sei também se em toda a região pode haver alguém que lhe tenha visto um dia sequer da vida longe dos trajes de luto, ou tenha com ela compartilhado qualquer alegria, confraternização, ou uma dança em baile qualquer. Todos, sem exceção, me confessaram, porém: viúva sim, mas santa de jeito nenhum. Se referiam ao fato de o marido ter sido encontrado balançando na torre de eletrificação da cidade, pelo único infortúnio que um marido jovem não consegue superar. Não eram de muitas posses, Margarida tinha a vaidade de uma atriz e parecia não se contentar somente com o rouge e carmim, mas só isto o agricultor podia lhe conceder. D'*O Cruzeiro* se punha a par das novidades da moda no Rio, do casamento da rainha Sofia, por exemplo, e não se considerava uma qualquer, igual às tantas dali. Devia ser mesmo graciosa, porque há curvas ainda de mel sob o vestido preto, de um jeito que só consigo imaginá-la nua, mesmo sob aquela armadura negra, quando a observo em momentos como agora, quando cruza a rua São Pedro voltando do seu ateliê de costura. Tem hoje uns sessenta anos, mas porte de uma garça se mirando o tempo todo no espelho do lago.

Mas você sabe: americano em tudo quer se meter, e um deles posou em sua sorte.

Sabe-se ter sido um desses mórmons dos que andam pelo mundo à Cosme e Damião, e que por qualquer desarranjo do espírito, mandou o seu Damião à puta-que-o-pariu e danou-se a beber e a beber e a beber por motivo que não quis revelar nem ao profeta. Mas quem bebe não guarda segredo, e confessou: só porque a viu uma vez somente, caiu de amor por Margarida, aquele tipo de paixão que oferece ao homem somente duas portas: o manicômio ou o sepulcro. Então a gringalhada do Smith tratou de resgatar o helder e tratá-lo em Salt Lake City. E, assim, o galego desapareceu.

***

    Voltou, porém, anos depois, como engenheiro responsável pela eletrificação da cidade, agora em plena modernagem. Largara a vadiagem religiosa. Agora Damian tinha dois planos. Iluminar a cidade, e a sua própria vida, tomando para si o corpo, a alma e a vida de Margarida. Em seis meses, a primeira parte foi concluída. A segunda parte ele fez às escuras mesmo. Numa cidade como Mujiê, nada se faz que não se saiba em algum momento, e o assunto caiu no mundo, no domingo da procissão daquele ano.
    O marido entrou no bar e encontrou o engenheiro. Entraram numa briga que não merece descrição, porque o gringo era duas vezes mais forte, e o colocou abaixo por três vezes, cada uma por um murro, não restando ao adversário alternativa senão render-se, e ir-se embora, calado como chegou, humilhado em sangue, dor e honra.
    Alguns não recriminam, porém, a beldade ter encontrado no mancebo loiro uma outra chance para a vida, talvez mais ao seu nível, mas depois, aquele móbile dependurado na torre fez muitos mudarem de opinião e aquilo deu à mulher o destino que ela tem hoje.
    Porém, o marido, mesmo sem posses, carregava uma marca, e isto não o deixaria em tudo

sem amparo: o sobrenome Toledo, e como todos sabem, eles mandam em tudo por aqui. Tinha sido um erro aquele, do coronel seu pai, homem tão distinto, tão bem casado e tão elevado cristão, meter-se com Marieta. Mas um Toledo não perde a linha: o nobre foi lá e batizou o filho bastardo. Tinha seu sangue, ora. Nunca trocaram palavra, é verdade, mas deu-lhe a distância como pedagogia, e como madrinha a própria esposa, vejam, e esta, nos Natais ia lá e lhe sondava as necessidades. Marieta, a mãe, desapregou dessa vida, de morte morrida mesmo. O coronel, hoje, é um velhinho a mais no Solar Santa Ifigênia, em Cotimbara, lá bem distante. O menino é lembrado hoje como um pêndulo. A morte lhe deu feição de sinistro monumento.

Mesmo com réstia de sangue tão remota, era um Toledo, e o gringo foi aconselhado a fugir, e assim o fez, na calada da noite, sob a lona do caminhão da Light&Water Co., entre os transformadores e outros adventos da modernidade tecnológica. Ninguém sabe ao certo, mas comentam não ter alcançado com vida os limites de Mujiê. Os Toledo, depois de pechincharem muito, pagaram uma ninharia qualquer, e algum infeliz apagou o candeeiro americano. Damian conhecera assim a segunda porta. Não desacredito. A vida ali não vale mesmo muito, nem ontem nem hoje.

A cidade deu como justo esse desfecho e deixou para Margarida a sua dor. A sua dor e uma cruz pesada para carregar. Olhando daqui, também parece um pêndulo. Aquela bailarina numa caixinha de música guarda uma maquiagem já sem viço. Ela é a viúva-para-sempre, em um mundo onde não há mais *O Cruzeiro*. Os modelitos agora ela os retira da imaginação. Sua cor preferida é o vermelho, sabem as clientes. Tira medidas e costura para outros manequins. Parece uma negação do próprio corpo e dos seus sonhos. Margarida, na língua de Damian, é o mesmo que Daisy, e quer dizer "olho do dia", uma metáfora para o sol. Margarida não deve gostar da tradução, e cruza a rua: há uma noite se costurando para sempre na alma daquela mulher.

O pátio

Às três da tarde o general pediu um copo de leite e bolachas de sal. Mastigava com as gengivas, quando ordenou ao coronel:

Traga os homens.

Os soldados se perfilaram. O coronel inspecionou seus uniformes, a luva agarrada ao cinto, as grandes lapelas vermelhas da artilharia, os botões de ouro contra o sol, o viço das armas em vestígios de óleo, tudo estava bem.

Ordene que atirem, disse o general.

Senhor, isto eu não posso fazer – respondeu o amigo.

É uma ordem. Meto uma bala na sua cabeça se me desmoraliza perante a guarda.

– Senhor,

Dê a ordem, seu merda.

A mão nua do general permaneceu no coldre. A outra encardia na luva, cheirando a bolacha.

O coronel:

Preparar,

O general sobrevoava lembranças mornas, de quando ainda eram um paizinho de bosta, de governantes que falavam muito, e fediam de medo. O presidente era um civil de quase duzentos quilos, bigodinho fino, mas a sua figura não aparece nas lições da história. O gorducho disse com preguiça: "Tomem o poder. Verão que o poder também cansa". A frase está fora dos livros. Há uma diferença entre pacíficos e covardes, aprendera.

Já o irmão do general estava enterrado no campo de batalha. Na época, o general era só um menino, mas sonhava com o combate e em trazer consigo para casa um punhado da terra que engolira o maninho. A infância dividiu com o fantasma do irmão pela casa, toda a vida do pai do morto lustrando a cartucheira do morto. As cartas do morto. A sua mãe era a mãe do morto. O irmão do morto sentia o frescor do fantasma pela casa, a alma viva, tanto se falava do herói na hora do almoço, do jantar, da merenda.

A carreira ergueu sobre a memória do morto. Não que precisasse, o general tinha valor. O primeiro inimigo caía sempre por uma de suas balas. Lutou anos e anos sem esmorecer, enquanto o país precisou e enquanto houve guerras. O soldado irmão do morto.

Nestes tantos anos recebia pêsames pelo valente maninho e via das fontes dos olhos deles minar a lágrima. As escolas o chamavam para descortinar placas e dar palestras não sobre a sua coragem, mas sobre a valentia do maninho que, admitam ou não, morreu de irresponsável: vítima da primeira bala do inimigo. O general valorizava a coragem de um homem, porém o valente é só um tolo, dizia consigo mesmo.

– Apontar,

O sol.

– Fogo.

Os disparos.

O general:

– É isto, então? Estou morto mesmo, coronel?

– Sim – disse o amigo. – Está consumado.

– E por que será que sinto ainda o gosto de bolacha?

– Isso me responda o senhor, meu general.

O general sorriu.

– Se me apresso, encontro o maninho antes que anoiteça – disse o velho.

– Não perca mais tempo, senhor.

E escoltaram o general para dentro.

Amanhã, pedirá de novo o pelotão, o pátio.

"Sim", vai dizer o coronel.

É o mínimo que pode fazer pelo seu herói.

A grande égua branca

Anos 60

Brigid detestava os negros e se orgulhava de não estar sozinha naquilo. Centenas de vezes me falou do quanto Jack Kerouac concordava com ela. Foi em Chapel Hill, numa festa de sete dias. Se viram un passant, aquilo não foi mais que um aceno, enquanto Kerouac vomitava os baldes de sua loucura antissemita na cabeça dos rapazotes da Harvard Branca. "Jack estava morrendo, dava pra ver." Chamava-o de "Jack", embora não tivessem sido parceiros no tempo dos vagões. Nunca me disse o que fazia ali, mas na adolescência tivera um caso com o anfitrião, o nome era Russell Banks, com quem roubou um carro e terminaram no xadrez, em Los Angeles. "Rodar três meses pelo país num Thunderbird e ser detida justo por um oficial negro?"

Detestava os negros e eles a detestavam também. Era uma mulher de muitos fascínios, talvez isto impedisse de eles quebrarem sua cara quando exagerava na bebida e os xingava daquele jeito. Morávamos ao Sul de New Hampshire, depois de Brigid abdicar da vida de madama na qual o meu pai queria metê-la, sob a ameaça de internação num manicômio. "Mulher com muita grana ou sucesso em um ano vira uma boneca sem lubrificação, e daí os caras se intimidam". Brigid e Guterson se conheceram noutra festa, em dois meses casaram, se esmurraram e se odiaram. Ele era um industrial já sem muito dinheiro no banco, mas bastante eloquente com uma pistola. Então fugimos. De repente, viramos os branquelos, os baratas-brancas, o bebê e a bêbada-gostosa numa cidadezinha sob nuvens de chumbo, mas onde o sol de lâminas insistia em rasgar a pele da gente todo dia.

Brigid era boa mãe se não estava alimentando a sua paranoia ou imaginando conspirações em cada esquina. Não tolerava choramingos, contudo até os oito anos eu podia dormir sobre a firmeza dos seus peitos nas noites de pesadelo. Naquele 1969, o uísque a transformou num bicho sem freios para desafiar toda a polícia agarrando o pescoço de uma garrafa. "Live free or die, live free or die", ela berrava para eles. "Chamem o Jack aqui. Chamem o Jack aqui". "O senhor Kerouac está morto, Brigid", gritava de lá o policial. Então ela se deixava vencer, caminhando até a viatura. "Entre, querida", bateu a porta o policial.

Mas se a deixassem em paz, logo-logo voltava o seu encantamento, os seus olhos de oceano sem ventanias, a voz de pastora, até que outra vez a tempestade descesse carvão sobre o seu rosto de cristal. No entanto, gostavam de vê-la circulando no jeans apertado, a cintura sempre a descoberto, a jaqueta só na medida para encobrir as taças de ouro; dois metros e tantos de granito que nenhum poderá esquecer.

O senhorio era um asiático em roupas de dândi, sem leitura e sem modos. Escapou de algum container dos navios de carga clandestinos de Portsmouth, como sardinha, ou pelo Pacífico, e cruzando o país até ali. Quando ele sentia falta do aluguel, Brigid o confortava por uma noite e eu detestava encontrar o cara ouvindo música na sala. "É um negroide, mesmo da cor de uma banana, querido, não se importe, todos aqui são negros, de um jeito ou de outro". Era sobre as almas negras, Brigid falava disso. Mas eu não conseguia defendê-la quando ela perdia as estribeiras e insultava, insultava, insultava, e eu os via acinzentarem com a sua arte de insultar, e ela continuava lá até todos fugirem pra suas casas, e o bar fechar. Então ela dormia na calçada, a falência da heroína num país sem kerouacs, sem mais festas de uma semana, enquanto a West Union não nos salvasse com os dólares do Russell, a grana chegava bem no limite de tudo ruir.

Anos 70

Então passou a depender dos negociantes de pedras e dos turistas para manter sua cota de uísque. Pedia, pedia e pedia, a montanha se desmanchando. Já não implicava tanto com os negros, aliás pedia pra eles um gole, dia e noite. O corpo boxeara com o tempo e vencera todos os rounds. As coxas grossas mantinham-na um facho firme.

Foi quando ofereciam uma dose, à maneira que pude ver.

"Te pago um drink, mas só se imitar pra gente aí uma macaca".

E mamãe imitava, as pernas em arco como uma chimpanzé, os olhos no vazio.

"Não, macaca que nada! Imita aqui pro papai uma cobra".

Brigid se esforçava. E eles:

"Não, orangotanga, com a cara no chão, como uma serpente".

O outro gritava: "Rasteja, cobra". Ela rastejava até a mesa. E eles lhe davam a bebida.

Quando cheguei aos quinze, perguntei se aquilo era tudo o que eu podia aprender com ela.

"Você já fumou seu primeiro cigarro?"

"Sim."

"Já tomou um porre de cerveja?"

"Sim."

"Então não tenho mais nada pra lhe ensinar. Se você pelo menos fosse uma menininha... espere, espere, espere: você é uma menininha, Ted?", ela disse, beliscando as minhas bochechas.

Não dava mais. Fui embora. Ela rolava no piso da sala de tanto rir.

"Negroide! Você no fundo é um negroide, ouviu, Ted-menininha? Ted-menininha ahahahahaha", ouvi.

Final dos anos 80

Eu já estava muito tempo longe quando ouvi a história.

Eles estavam falando no restaurante do hotel, os dois homens:

HOMEM 1 – "...é uma perfeição, a mulher, os quadris você não conseguiria abraçar com estes braçotes – dizia ele ao amigo na mesa – o diabo foi quem torneou aquela serpente..." ... "...talvez nós dois juntos não déssemos conta daquele peixão... mas a grande diversão dos caras não era comê-la, mas pedir imitações, é, imitação de bichos... foca, raposa, macaco..."..."... e depois de pagarem outro trago, mandaram a coroa imitar uma égua."

HOMEM 2, com a dose de conhaque na mão. – "Uma égua?"

HOMEM 1 – "Sim, sim – disse ele. Mas escute aqui: então a mulher ficou de quatro, cara, que traseiro, ficou de quatro e, quando todos fizeram silêncio, relinchou feito uma égua. Aquilo ainda hoje zune nos meus ouvidos. As pessoas de cera admirando aquilo". HOMEM 2 – "Estranho, não?"

HOMEM 1 – "Não. Estranho ficaria depois. Um desses negrões disse pra ela: 'Esta imitação não está boa. Se quiser o uísque vai ter de melhorar'. E aí ela repetiu, duas, três, dez vezes, era como assistir a um estupro".

HOMEM 2 – "E aí?"

HOMEM 1 – "Aí eu fiz o que um homem tem de fazer numa hora dessas. Eu disse: 'Ok, ok, chega: eu pago o drink da mulher.'"

HOMEM 2 – "E aí?"

HOMEM 1 – "'Não, forasteiro, não se meta nisso', ameaçaram. Recuei. Fazer o quê? E a mulher continuou, riiiiinch, riiiiiinch..."... "então em algum momento a égua parou, fechou os olhinhos e mandou: riiiiiiiiiiiiiiinnnnch. Cara... não sei quanto tempo demorou aquilo, mas depois foi silêncio e escuridão ao mesmo tempo, para acontecer o mais estranho."

HOMEM 2 – "O quê?"

HOMEM 1 – "Depois disso se ouviu o relinchar

de cavalos, dez, vinte, mais: cem cavalos, respondendo pra ela, rinch, rinch, rinch, rinch, as pessoas eram como fumaça dentro do bar, se ouviam rinchs perto, mais perto, se aproximando...".... "... a impressão era de que a qualquer momento eles iriam arrombar a porta, a tropa".

Ele segurou o cigarro e pilou o fumo na unha, ao modo dos gays.

"Quando a mulher se levantou tinha brasa nos olhos, mas as lágrimas não eram pelo esforço, cara, aquilo a atingiu bem na alma, se há um alvo na alma da gente foi ali que a acertaram, rapaz, você pode acreditar."

***

Depois o homem contou que Brigid saiu em silêncio. Não bebeu a dose, nada, sumiu. Ele mesmo voltou outras vezes lá, mas o paradeiro era o mesmo: desapareceu.

"Eu voltei ali muitas vezes, mas nunca mais se soube da mulher, rapaz, sumiu, a grande égua branca sumiu."

Dias atuais

A cidade acaba no deserto e o semáforo dizia verde a toda hora para quem partisse. O automóvel me empurrava de volta pra casa, e a casa, o sol, o carro eram Brigid. Lembrei-me do homem do hotel e me meti num delírio. Encontrá-la. O Sr. Russell não fala muito ao telefone, mas disse ainda "faz muito, muito tempo. Os cheques começaram a voltar. Procure um pouco mais ao Sul, mas, por Deus, me informe sobre ela, filho." Em New Hampshire o céu cinza era o mesmo, mas o mundo em volta era outro e os bares cansavam os fregueses com cantores sem talento. A cidade invadiu as plantações e os pastos e, de alguma forma, a cidadezinha batera em retirada, deixando as buzinas, a fumaça do diesel e o mau gosto vestindo esta outra cidade.

Um homem me contou o costume dali. As crianças negras pintam o rosto de branco e saem na vizinhança pedindo dinheiro em troca de imitações. As crianças brancas pintam o rosto de preto e jogam moedas para os negros em tintas de branco. "É a brincadeira da égua branca". Alguns levam uma boneca nos braços. Chamam-na de Ted. "Se não der dinheiro, o Ted vai chorar, muquirana", ameaçam. Mas falou também da montanha de granito contra o céu, do resplendor do sol que era a Brigid, "ouvi falar, mas duvido de que tenha existido."

***

Dias depois, a cem quilômetros dali, numa vila sem importância, o escrivão Philip Warren me mostrou todos os documentos que eu não desejava ver. O corpo dormia há muitos outonos no cemitério de Meredith. Fiquei ao seu lado naquela tarde olhando o mármore amarelar. Deixei Brigid sob um sol desbotando, estava em paz, ouvindo pássaros e cigarras, "a natureza tem tudo o que não podemos aprender, e por isto é inútil", ela dizia.

Na volta, o chumbo derretia no céu e os raios se atiravam contra o breu sem-fim. Os fazendeiros abrigavam os animais, mas os vaqueiros eram poucos para conter os cavalos avançando a colina como lanças. Eu estava indo para o Norte, talvez pedisse ao Russell um emprego em New York, ou lhe contasse algumas mentiras para abrandar seu velho coração.

Hossana

O gigante avança.

Não imaginamos a partir de onde, nem sabemos como, de certo fora alguém igual a nós um dia, ontem quiçá, ou hoje de manhã antes de comer o pão, antes dos diabos de todos os dias, nós todos fomos amassados assim igual o tempo inteiro. Mas vai ver dera a sua ira a medida da qual nos acovardamos e não tenha sobrado nada senão explodir para cima, primeiro mal cabendo na cama, minuto seguinte dentro da casa, depois destruindo-a com um levantar de ombros, isto importava? Fosse homem só no mundo não teria aniquilado a família na primeira pisada, se é que em algum tempo não tenha a imagem se agigantado mais e mais nos seus pesadelos, assim sofreriam menos, a mulher na cadeira de rodas, os dois filhos passavam os dias atormentados por si mesmos, os gêmeos idênticos berravam quando viam um ao outro, a aparência de outro no um os fazia correr para os precipícios da casa, assim era preciso apagar as luzes, mas as crianças sonhavam um pro outro, mastigando-se e cuspindo-se noites de gritos e esperneios. A mãe também berrava para o Padeiro a levar com rodas e tudo, então pode ter sido assim. De nada mais adiantaria, não teríamos a quem contar suas origens, de modo que era tudo algo banal, agora o fim dependia de onde a criatura decidisse pisar a sua pegada de meteoro ou de quantas cidades afogar com a sua cusparada de sangue. O gigante continuava avançando, e na cabeça de qualquer um podia surgir da origem que fosse, desde aquela da mulher esmagada lá quilômetros atrás, ela o reconheceu um golias aterrorizado pela sua própria sombra de monstro, ou daquele senhor que sob toneladas de ruínas de automóveis vira por última visão no seu rosto brilhando contra o sol olhos do seu próprio filho, poderia jurar que era, não tivesse o rapaz destacada ojeriza das hosanas nas alturas.

Tudo era temor e uivos e desespero e ocaso. A cada passo o gigante se multiplicava em dobros e desdobros de tamanhos. Qual matemático poria o pescoço pela janela agora para estimar a progressão geométrica do assombro? A mulher pisoteada lá atrás tinha alguma razão, porque o gigante não somente avançava, mas corria doido em muitas direções como se tivesse sido demitido do emprego ou como se a cidade estivesse sendo pisoteada por um gigante. Assim, a cidade vizinha da última pegada poderia respirar em alívios por instantes até ver do nada outra vez o sol apagado pelos calcanhares da besta. Não temos interesse em saber os passamentos por sua cabeça, isto de fato não mudará muita coisa, mas para onde vai?, os religiosos precisam reconhecer aquele fim nos seus livros, as autoridades necessitam adivinhar as intenções, os motivos, o que come e do que nutre sua raiva ou desespero, a quem junte estas duas coisas noutras muitas só; talvez busque o mar, a cegueira do oceano, antes de continuar crescendo e que o abismo fracasse numa poçinha de nada, e já não possa se afogar ali, pois também não podia mais se atirar da altura de nenhum edifício, e não havia nada tamanho no mundo que pudesse esmagar-lhe a cabeça. Mas por mais que veja o mar dali da sua altura, não o reconhece. Vai avançando nas suas lembranças e sempre lhe falaram de o mar ser um gigante azul, mas o seu daltonismo lhe cegou para o ciã, ele pedia a bênção todos os dias ao céu vermelho e agora está perdido nessa estupidez escarlate que é o horizonte de carne para um gigante.

 Ele não cogita fechar os olhos e pensar um pouco. É um homem onde agora moram milhões de corações esmigalhados. Por isso cospe o fogo sanguíneo desta pasta humana no mundo que resta.

É o nosso fim, berram da Ásia à Oceania. É o meu fim, ele lastima. E, em sua solidão de brasa, nada mais.

O gigante avança.

Um narrador contrabandista

Cristhiano Aguiar,
escritor e crítico literário

Semanas antes da escrita deste posfácio, visitei, acompanhado por um tio nascido no interior do Ceará, uma exposição sobre cultura islâmica, que esteve em cartaz no centro de São Paulo. Entre versos sagrados, adagas curvas e potes de barro, chamou nossa atenção um conjunto de instrumentos metálicos de barbear. Apreciamos o cuidado artesanal com que aqueles objetos foram fabricados, assim como a boa conservação dos instrumentos, fabricados há muitas décadas. Meu tio virou-se para mim e disse: "meu pai também tinha instrumentos de barbear semelhantes a estes, ele ganhou do meu avô e até hoje os utiliza, estão como se fossem novos. Foram feitos para durar muito tempo"; sua voz enfatizou justo a palavra que transcrevo em redondo.

De todos os objetos daquela exposição, aqueles nos fizeram sentir com maior força um choque de temporalidades porque, naquele instante, nossa interpretação foi guiada por uma narração e uma memória. Somente quando meu tio me contou uma história e eu a ouvi, gesto que me transformou em um leitor do seu passado afetivo, foi possível viver o deslocamento entre os tempos. O destino das metáforas, *através do trabalho com a linguagem literária, toma para si o ritmo do mundo contemporâneo e o transforma, de maneira bem-sucedida, em narrativas cuja experiência estética tem inegável força crítica. São contos concisos e velozes, porém não se trata de uma velocidade multiplicadora, que acumula atrás de si um entulho de objetos amaldiçoados com o anacronismo; mas sim uma síntese de uma certa intensidade do tempo presente; como uma luz forte, quase terrorista, que explode e, ao se apagar, capacita os nossos olhos a observarem o disforme.*

Os contos do novo livro de Sidney Rocha reelaboram a experiência do contemporâneo através de um narrador que chamarei, parafraseando o crítico literário argentino Roberto Ferro, de narrador contrabandista. Em seu ensaio-prólogo "Acerca dos contrabandistas", Ferro defende aquilo que chama de "leitor contrabandista": "Um leitor assume-se como um contrabandista quando, persuadido de que as bordas do texto instauram de maneira convencional uma jurisdição conceitual para enclausurar finalmente o sentido, opta por recusar essa imposição"; Ferro defende uma leitura não dogmática, na qual tanto o leitor comum, quanto o profissional da leitura, desconfiem das interpretações que se cristalizam ao redor de um texto. Instituir uma verdade final de um texto não é o que busca o leitor contrabandista, que deve se preparar para uma única verdade: o sentido de uma obra literária é inesgotável.

Desta forma, a velocidade, a violência, a linguagem poética, o fantástico, o nonsense e a ironia – características dos contos de O destino das metáforas –, servem a um narrador que utiliza esses elementos a fim de criar representações desnaturalizadas. O real é inesgotável: contrapondo-se a uma jurisdição interpretativa da realidade consolidada em nossa tradição literária, e que retornou com força a partir dos anos 90 na nossa literatura e cinema, na qual existe uma ambição de conectar o leitor diretamente a uma "vida como ela é", a um "mundo verdadeiro", os narradores de Sidney Rocha sempre introduzem um dado de inconsistência no mundo que procuram nos contar. Seus narradores contrabandistas abraçam o estranho e leem criticamente um mundo de hiperrepresentações, hiperconsumo, nichos de mercado bem definidos e discursos com gosto de margarina. É a vontade de desnaturalizar, aliada à percepção de *vivermos em um mundo de distâncias cada vez menores e composto por não lugares, que explica o fato do espaço das histórias ser, de modo geral, apenas esboçado, sem compromisso com qualquer modalidade de regionalismo.*

Em um conto como "Sobre a arte de falir", por exemplo, temos a história de um triângulo amoroso suburbano. O narrador não participa da ação, mas conhece os personagens, os observa e sabe o que a cidade, na qual também vive, fala deles. No final da história, quando Antonio tenta convencer Margarida a desistir do romance com Haroldo, homem de bem, empresário, casado, o diálogo entre os dois é escrito da seguinte maneira: "Margarida/ as margaridas são flores que se cheiram, sim, Antonio,/mas não são para todos,/ não,/veja bem, o homem está prestes a perder os olhos da cara, Margarida", como se versos de uma canção, ou um poema, versos das centenas de canções que cantam amores perdidos em subúrbios, começassem a ser transcritos a partir daquele ponto da narrativa. Este pequeno detalhe formal, que acontece no clímax do conflito entre os dois personagens, provoca um efeito de deslocamento que, junto com pontuais frases poéticas, afasta "Corte&Costura" da crônica de costumes.

Às vezes, este deslocamento é o fantástico de contos como "Magnetismo", "Castilho Hernandez, o cantor e sua solidão", ou "Hossana". Outras vezes, é o imaginário infantil em "O destino das metáforas", a loucura em "O pátio" e "Ave", ou as metáforas de desconfortável sabor: no conto "Não", após o angustiado protagonista se masturbar, seu "sexo pênsil" passa a repousar "sobre a coxa de rã" (e imediatamente associamos a angústia do personagem ao estranho contato com uma pele alienígena, tão diferente da humana, pele fria, pele úmida); em "A vida e a morte de John Lennon", os beijos da ambígua Luana são comparados a uma lesma que escorrega sobre um vidro: a imagem reforça, de maneira concisa, o mistério da personagem.

O assombro, a violência, o ridículo e o trauma impulsionam, em O destino das metáforas, *a necessidade que muitos desses narradores sentem em testemunhar e motivam a escrita a inventar-se entre o registro erudito e o registro oral, com um leve sotaque nordestino. Os narradores de* O destino das metáforas *são de três tipos: temos um narrador que habita o mesmo mundo das personagens sobre as quais fala, como é o caso de "Sobre a arte de falir" e "Corte&Costura" e, intrigado, nos transmite as desventuras deles. Os narradores oniscientes em terceira pessoa de "Armstrong" e "Texto de orelha", por outro lado, se preocupam em compor retratos de personagens envolvidos em acontecimentos absurdos ou exagerados, alguns deles marcados pela violência. A maior parte dos contos fantásticos do livro é contada por esses narradores e é neles que a ironia está mais presente. O terceiro tipo de narrador, em primeira pessoa, possui um envolvimento emocional mais próximo com as personagens sobre as quais conta as histórias. Geralmente, ele narra uma memória traumatizada e este trauma com frequência é uma questão de família. "A grande égua branca", "A vida e morte de John Lennon", dois dos melhores do livro, e "Mister Thomas", são bons exemplos.*

Por fim, a velocidade, citada no início deste texto como uma marca do tempo presente que, apropriada pelo autor, adquire novos sentidos no trabalho com a linguagem. Marca característica da ficção contemporânea brasileira, a velocidade nos contos de O destino das metáforas *se torna bem-sucedida porque Sidney Rocha consegue traduzi-la às necessidades internas das histórias que precisa contar. Ao realizar esse trabalho de tradução, que em outros autores contemporâneos é uma simples relação especular, Rocha consegue, a partir do que recolhe dos giros do século, criar uma temporalidade outra, objetivo de toda narrativa, segundo Beatriz Sarlo em* Tempo passado: cultura da memória e guinada subjetiva. *É a exaltação da diferença proposta por Ítalo Calvino como contraponto à velocidade da mídia e do consumo, valor que o escritor italiano defende em sua conferência sobre a rapidez.*

Desta forma, O destino das metáforas *se realiza sob o signo da convergência. As propostas estéticas dos livros anteriores de Sidney Rocha,* Sofia *e* Matriuska, *encontram no novo livro um ponto de equilíbrio. Temos tanto a força poética do romance* Sofia, *história de uma memória traumatizada pela perda e pelo delírio, quanto a rapidez e experimentalismo dos contos femininos de* Matriuska. *Agora, experimentalismo, velocidade e poesia são combinados com precisão. As fotografias recortadas de* Matriuska, *cujas histórias formavam um interessante mosaico de dramas contemporâneos, com foco nas mulheres, expandem o olhar escrutinador em* O destino das metáforas. *São histórias sobre as quais se pode fazer o elogio da pertinência e do tempo.*

Sobre o autor

Sidney Rocha, 54, [sidneyrocha1@gmail.com], escreveu *Matriuska* (contos, 2009), *O destino das metáforas* (contos, 2011, Prêmio Jabuti), *Sofia* (romance, 2014), *Guerra de ninguém* (contos, 2015) *Fernanflor* (romance, 2015) e *A estética da indiferença* (romance, 2018), todos publicados pela Iluminuras.

Este livro foi composto
com as fontes Minion Web e League Gothic,
impresso em papel *off-white*, 80 g/m²,
para a Iluminuras, em outubro de 2019.